El Color del Hielo
cuentos antárticos

Waldemar Fontes

El Color del Hielo
ISBN 978-9974-7952-1-1

Primera Edición editada por
Instituto Antártico Uruguayo en Montevideo, 2008
Segunda Edición, editado por
Albatros Producciones en Montevideo, abril 2025
Ilustraciones y diseño gráfico: Waldemar Fontes

Lodewafo.blogspot.com

dedicatoria

Dedicado a los niños de hoy, futuros expedicionarios antárticos, para quienes preservamos este continente helado.

Waldemar Fontes

INDICE

DEDICATORIA 3

INDICE 5

AGRADECIMIENTOS..7

PRÓLOGO 9

EL COLOR DEL HIELO..12

LADISLAO, EL PERRITO POLAR......................................28

MAROSA, LA FOCA CURIOSA...54

PINGÜINOS DE COLORES 66

ACERCA DEL AUTOR...78

Agradecimientos

Al instituto Antártico Uruguayo y a su presidente el General Domingo Montaldo, que durante el Año Polar Internacional 2027-2008 creyeron en la importancia de trasmitir las vivencias antárticas de los primeros 25 años de la Base Científica Antártica Artigas, con una visión destinada a las infancias, para que a partir de su lectura se aventuraran con la imaginación en la exploración de lo desconocido.

Al Capitán de Navío Aldo Felici, por el prólogo que preparó para la primera edición de este libro.

A la Biblioteca País del Portal Ceibal que ha difundido esta obra, permitiendo que muchos niños y docentes pudieran acceder a ella y tomarla como contenido didáctico para sus clases.

A las escuelas y centros de estudio que a lo largo de estos años me han invitado a leer y contar sobre estos cuentos.

A quienes los lean ahora en papel, en esta segunda edición, ¡Gracias!

Saludos antárticos,
Waldemar Fontes

Prólogo

La presente obra nace de la pluma de nuestro muy apreciado amigo y colega, el expedicionario antártico Waldemar Fontes, aquilatando en su escritura el profundo afecto y respeto que ha cultivado por la Antártida en los largos y activos años como jefe de la Base Científica Antártica Artigas.

El Doctor Roberto Puceiro, un querido pionero antártico uruguayo, define a este continente deshabitado como el de los más; más remoto, más frío, más seco, más ventoso, más desértico.

Quienes hemos tenido la oportunidad de estar en el austral Continente Blanco, cuyo conocimiento mítico aparece ya teorizado en la época antigua, permanecemos ligados a él de por vida con esa magia especial que transmite su naturaleza única, enriqueciéndonos intelectualmente y gratificándonos personalmente con una singularidad que impone su grandeza sobre la dimensión humana. El hombre es capaz hoy día de conocer sus elementos naturales y adecuándose a sus leyes, procura una nueva convivencia a través de la única solución posible a través de la conservación y supervivencia del medio ambiente.

La edición de este libro mediante el relato narrativo novelado, que describe de manera amena para el joven lector diversos aspectos interesantes de sus características naturales y su interacción con el ser humano, se realiza en una coyuntura muy importante para la Antártida, en momentos que se cumplen 50 años del Año Geofísico Internacional 1957-1958 el cual diera lugar en 1959 al Tratado Antártico.

El Tratado Antártico establece un régimen de cooperación internacional basado en la más amplia libertad de investigación científica que constituye un verdadero ejemplo de experiencia comunitaria con fines pacíficos. Efectivamente, un instrumento complementario, el Protocolo al Tratado Antártico sobre la Protección del Medio Ambiente, designa a la Antártida como reserva natural consagrada a la paz y la ciencia.

En estos momentos que estamos celebrando un nuevo Año Polar Internacional, desarrollado entre el 2007 y el 2008, se está impulsando un extenso programa de investigaciones multidisciplinarias sobre las regiones polares involucrando un gran número de naciones entre las cuales participa nuestro país y que además de promover la protección del medio ambiente ante los grandes cambios provocados por el calentamiento global, alienta la formación de las nuevas generaciones de científicos polares.

Hoy, en pleno Siglo XXI, esperamos que estas líneas escritas con mucho sentimiento por nuestro amigo Waldemar Fontes, contribuyan a despertar el interés de muchos jóvenes por la Antártida y el cuidado de su medio ambiente, futuros hombres y mujeres que alentados a descubrir los secretos que aún encierra este continente helado, contribuirán con su conocimiento y dedicación al desarrollo humano y social autosustentable de las futuras generaciones.

C/N (CG) Aldo Felici

Consejero y Oficial de Medio Ambiente

Instituto Antártico Uruguayo

El Color del hielo

Este cuento obtuvo la Segunda Mención en el 6º Concurso de Cuento y Poesía, organizado por la Casa de la Cultura de la Intendencia Municipal de San José.

Beatriz era una artista que estaba en la Antártida estudiando los paisajes helados para pintar cuadros.

Había llegado hasta allí a través de un concurso en donde se invitaba a los artistas a presentar ideas sobre cómo pintar un edificio nuevo que se había construido y ella había planteado una original propuesta de pintarlo con soles y lunas, estrellas y pingüinos en una combinación de colores y formas que había encantado a los miembros del jurado.

La artista era joven y llena de curiosidad. Su proyecto le parecía fácil de llevar a la práctica, pero cuando estuvo enfrentada a la pared blanca que debía pintar no estuvo tan segura.

En su mente había creado una imagen basándose en los colores que ella creía que eran los del hielo y la nieve.

Nunca había estado en un lugar con nieve y ella pensaba que la nieve era blanca y el hielo también.

Pero cuando estuvo en la Antártida y se encontró con el enorme témpano azul que descansaba en la bahía frente a la base, su concepto del color del hielo cambió por completo.

El mismo témpano, que cuando llegó era azul, al atardecer fue rosado y amarillo y violeta. La combinación de colores que surgía por la incidencia de la luz del sol creaba efectos increíbles y Beatriz se maravilló.

Preguntó a unos y otros, en su concepto ¿cuál era el color del hielo? y comprobó que en realidad nadie lo podía definir.

Los más distraídos, que vivían solo pensando en su trabajo, la miraban extrañados y le decían burlándose, —el hielo es blanco, ¿de qué otro color va a ser?

—Acá todo es blanco. Llegó a decirle uno que seguramente nunca se había detenido a mirar un atardecer.

Entre los científicos, encontró una respuesta diferente. Un glaciólogo le dijo que existían diferentes tipos de hielo, cuyo color variaba de acuerdo con la edad, la composición y los sedimentos que contuviera. Así le explicó por ejemplo que existía el hielo gris que era un hielo muy viejo, que estaba tan comprimido por los años y las presiones a que fue sometido y por eso adquiría ese color.

Otro glaciólogo, le dijo que incluso existía el hielo negro y Beatriz lo pudo comprobar cuando fue al glaciar y observó trozos de hielo que contenían piedras y tierra que venían siendo arrastradas quien sabe de dónde y que quedaban si, de color negro.

Todas estas respuestas las iba anotando en un cuaderno y las analizaba.

Ya se estaba aburriendo de esas respuestas monocromáticas cuando un señor que hacía el monitoreo ambiental de la base, le dijo: —El color del hielo se aprecia según con los ojos con que se mire.

Esa respuesta le interesó más. Entonces el señor explicó: —También influye nuestro estado de ánimo y lo que estamos pensando cuando miramos el hielo.

La invitó entonces a ponerse las antiparras que él usaba, que tenían un visor amarillo y observar el témpano que aún estaba en la bahía.

Beatriz comprobó que el matiz del azul se veía diferente mirando a través de ese vidrio que a través de sus lentes negros.

—Tiene razón, dijo Beatriz. —El color de las cosas es diferente según el color del cristal con qué se mire…

—Eso es un viejo dicho. Me alegra que lo hayas descubierto por ti misma.

Beatriz se rio. Estaba contenta porque seguía descubriendo matices de color.

El señor se puso de nuevo sus antiparras amarillas y se despidió diciendo: —No te detengas, sigue buscando y descubre el verdadero color del hielo.

Toda esa tarde pasó Beatriz observando los témpanos y revisando las notas de su cuaderno. En su cabeza, una paleta de colores giraba sin detenerse. En cada color que imaginaba, podía ver un trozo de hielo y sin embargo ninguno tenía el color que ella buscaba para sus cuadros.

Al día siguiente venía un avión que traía carga y se llevaba a muchos de los que habían estado trabajando en la base esa semana.

A partir del momento en que el avión se fuera, comenzaba el verdadero trabajo de Beatriz. Había pasado una semana investigando y analizando y ahora debía ponerse a pintar el edificio con el diseño elegido por el jurado.

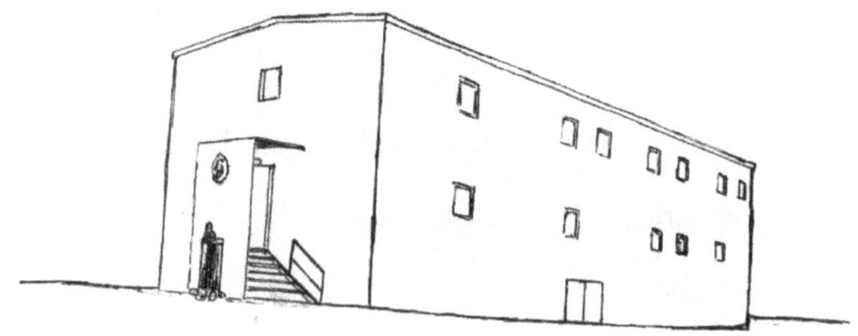

Cuando por fin la base quedó tranquila, con poca gente y mucho por hacer, Beatriz se instaló frente a la pared blanca.

Un ayudante que le habían asignado tenía la tarea de preparar un andamio y ayudarla en lo que fuera necesario. Pero Beatriz no sabía por dónde empezar.

Tenía el diseño sí, pero no se decidía por el color del hielo y eso le perturbaba.

El jefe de la base se comenzó a poner impaciente, puesto que como máximo se podría trabajar durante el mes de enero, porque luego los días se acortaban y el mal tiempo comenzaba de nuevo a hacer de las suyas.

Había que comenzar la obra cuanto antes. Beatriz comprendía eso. Se jugaba además su prestigio como artista. Su obra terminada, podría ser apreciada por mucha gente. Si no aprovechaba esa oportunidad, tal vez nunca tuviera otra.

La dotación de la base la estimulaba e incluso de las bases vecinas le hacían sugerencias.

Visitó las bases de China, de Rusia y de Chile, comparando colores y paisajes, pero el color que buscaba seguía sin aparecer.

Hablando con un glaciólogo ruso, Beatriz se enteró de que era posible adentrarse en las entrañas de los glaciares por cuevas y grietas. Es más, el glaciólogo le ofreció descender al glaciar por una grieta que estaba estudiando muy cerca de allí.

Por supuesto que nuestra artista aceptó la oferta; no podía perder esa oportunidad.

Avisó al jefe de la base, sobre su plan de visitar el interior del glaciar y luego de recibir un montón de recomendaciones sobre los cuidados y las medidas de seguridad que debería respetar, el jefe le dio el permiso.

Descender por una grieta no es nada fácil. Se requiere equipo de escalada, cuerdas, zapatos con pinchos, un buen estado físico y alguien especializado en esos descensos que dirija la actividad.

El glaciólogo ruso se encargó de preparar todo y ayudó a Beatriz a equiparse. Cuando estuvo lista, la guio a pararse en el borde de la grieta y la lanzó al vacío.

Por un segundo, Beatriz quedó suspendida hasta que sus pies tocaron la pared congelada. Otro glaciólogo, haciendo de guía la esperaba adentro y le explicó como moverse.

Allí miró hacia arriba, lo vio al amigo ruso que le hizo una seña con el pulgar, tomó impulso de nuevo y descendió al interior del pozo que se hacía cada vez más ancho, hasta ver el agua que corría debajo de ella, buscando una salida al mar.

Allí quedó suspendida, como una libélula adentro de un botellón y comenzó a observar.

Hasta el momento su preocupación había sido sujetarse de la cuerda y controlar esa sensación de vacío en el estómago mientras descendía al pozo. Pero ahora que estaba suspendida y segura, pudo apreciar la maravillosa vista de aquella caverna helada.

El hielo tenía colores de azul intenso que se hacían más oscuros y fuertes a medida que se adentraban en las profundidades. También había celestes que tendían al blanco cuando se acercaban a la boca del pozo.

El color parecía emitir vibraciones. Era como una reverberación que inundaba sus ojos, haciendo insoportable el querer definir un color preciso.

Como un velo de vibración se formaba delante de sus gafas y si las quería apartar con las manos, estas no se iban; seguían allí.

En busca del verdadero color del hielo, Beatriz miró hacia arriba y vio que se formaba un arco iris. Lo vio por un instante, tal vez formado por el vapor de su respiración que se elevaba y el cruce de un rayito de sol que entró por el hoyo.

Cuando miró de nuevo hacia arriba ya no lo pudo ver, pero tampoco lo creyó necesario. Pensó que había descubierto lo que buscaba y se dijo que no necesitaba ver más.

Le gritó al guía para que la ayudara a subir y comenzó el ascenso.

El glaciólogo le preguntó curioso si por fin había encontrado la respuesta a su pregunta, y Beatriz le dijo que si, pero que aún no sabía cómo decirlo con palabras.

El glaciólogo comprendió lo que la joven sentía y le contó que él mismo, cada vez que bajaba a las profundidades del glaciar, descubría nuevas respuestas para las mismas preguntas, dejando a nuestra artista con más dudas que antes de bajar.

Beatriz volvió a la base. El jefe y otros integrantes de la dotación la esperaban confiados de que por fin habría obtenido el color que buscaba y podría empezar su pintura, pero bastó ver su cara de desconcierto para darse cuenta de que la respuesta no había aparecido aún.

Esa tarde, un grupo de coreanos visitó la base y entre conversaciones en inglés, español y señas antárticas, surgió el tema de la pintura de Beatriz.

Uno de los coreanos, que además de biólogo era músico, comentó algo acerca de la música de las esferas, comparando la secuencia de las notas musicales con diferentes vibraciones que coincidían con una escala de colores que bien podría interpretarse como el arco iris que se forma al pasar un rayo de luz blanca sobre un cristal.

El comentario circuló en la conversación solo como un aporte, que no todos comprendieron y siguieron hablando de temas variados, preguntándose cosas de la vida de cada uno, comparando como las diferencias culturales en realidad no eran tales y las mismas cosas se sentían igual, aunque las personas vinieran de diferentes partes del mundo.

Pasaron los días y era 7 de enero. El jefe la llamó a Beatriz a su oficina y le explicó que lo habían llamado desde Montevideo, preguntando como iba la obra.

Al enterarse de que aún no había comenzado a pintar le dieron un ultimátum. Si dentro de 3 días no hay algo coherente en marcha, pintaremos todo el edificio de rojo y traeremos a la pintora de regreso a casa.

—Habrá un vuelo en estos días y un periodista viene con la intención de hacerte un reportaje sobre tu obra. Explicó el jefe. —Pero si en tres días no tienes algo listo, cancelarán la entrevista y en lugar de venir el periodista, te irás tú. Dijo terminante, haciéndose eco de la resolución de Montevideo.

Beatriz salió descorazonada. Su esperanza de ser un día una artista reconocida se esfumaba y no veía como encontrar inspiración para su obra.

Beatriz se paró frente a la blanca y enorme pared. Su asistente tenía prontos los andamios y los materiales para empezar el trabajo ya.

El meteorólogo se acercó hasta el lugar y anunció: —Tenemos por delante los tres mejores días del verano. La presión está subiendo y se esperan unas condiciones meteorológicas únicas, ideales para pintar un cuadro al aire libre, dijo con picardía.

La doctora, también se acercó y puso música en su celular, para ayudar a Beatriz a encontrar inspiración, mientras le mostraba en la pantallita un video clip, donde los colores estallaban al ritmo de la música.

Desde los distintos edificios de la base, la dotación la miraba y le gritaban cosas dándole ánimo.

En la bahía, navegaba un crucero rumbo a la base. Por la radio, el jefe anunció que tendrían turistas de visita por la tarde. Habría mucho movimiento y esa efervescencia por fin motivó la inspiración de Beatriz.

Era común que después de varios días de mal tiempo, al salir el sol de nuevo, un ritmo febril y una onda de buen humor inundaran la vida de las bases antárticas, así que habría que aprovechar ese momento.

Beatriz se subió al andamio y comenzó a trabajar. Para cuando desembarcaron los turistas del crucero que fondeó en la bahía, ya se podía apreciar un bosquejo de la obra que Beatriz realizaba.

Los turistas la fotografiaron de todos los ángulos y le preguntaron mil cosas a Beatriz. Alguno hasta le dio una tarjeta ofreciéndole para pintar una casa en Europa con un motivo similar y otro prometió que volvería a visitar la base Artigas, cuando la obra estuviera culminada.

Beatriz se sintió halagada, pero a la vez comprobó que el desafío era ahora mayor.

Los días era muy largos y la noche no existía en esta época del año. Eso sumado al buen tiempo, fue una oportunidad única para avanzar velozmente en el diseño de la obra.

Era medianoche cuando la tuvieron que hacer bajar del andamio, para que comiera algo y descansara un poco.

Beatriz no quería, pero la doctora y el jefe la convencieron luego de explicarle que con lo que podían ver, más los comentarios tan favorables de los turistas, ya había motivos suficientes para rever la decisión de cancelar su obra.

Beatriz ya no estaba preocupada por eso ahora. La inspiración se había apoderado de ella y simplemente ya no podía detenerse.

Después de comer, durmió un rato y a las cinco de la mañana estaba de nuevo sobre el andamio. Cuando el resto de la dotación comenzó sus tareas, la obra había tomado forma realmente.

Ya se podía apreciar el sol y la luna que entrelazados bordeaban la puerta de entrada del edificio y sobre los costados se distinguían los paisajes antárticos con pingüinos, focas, aves y témpanos.

Cuando vino el avión con los suministros, entre los relevos y los visitantes llegó el periodista.

Le hizo un reportaje muy emotivo y se fue impactado por la forma en que nuestra artista había representado el color del hielo.

Cuando leyeron el reportaje en Internet, todos en la base se maravillaron de lo imaginativo que era el periodista, pues si bien la obra mostraba claramente soles y lunas, estrellas y nubes y muchas cosas más, donde el periodista vio hielo, Beatriz había pintado una línea azul, con un arco iris ondulado del que salían notas musicales que se fundían con estrellitas y bolitas de color.

La obra se hizo famosa y Beatriz fue a pintar la casa del turista europeo y expuso cuadros y fotos por todas partes del mundo.

Beatriz se especializó en pintar temas antárticos, con aves volando sobre los témpanos y mares con hielo flotando.

El público admiraba sus obras y donde algunos veían hielos de color blanco, otros los veían matizados de violeta, rojo, amarillo o azul.

Unos vieron caras, donde otros veían nubes y alguien encontró colores donde otros sentían música.

Beatriz fue una artista reconocida y enseñó a otros artistas a pintar como ella. Hasta hoy, cuando le preguntan, ¿de qué color es el hielo? Beatriz dice que es de muchos colores y comienza a dar una larga explicación, hablando de gases, de vibraciones y de la luz; pero ella sigue buscando; porque aún no lo encontró y en realidad no sabe cómo responder.

Ladislao, el perrito polar

Ladislao fue el primer perro polar uruguayo. En realidad, fue el primero y el único, porque cuando Ladislao tuvo la oportunidad de llegar a la Antártida, se estaba elaborando ya un acuerdo internacional que culminó con la expulsión de los perros y otros animales no nativos del Polo Sur.

Se preguntarán quien fue tan cruel para expulsar animales de un continente que no tiene fronteras ni dueño, pero vayamos despacio. Hablemos primero de por qué Ladislao se transformó en perro polar.

Resulta que, en 1984, Uruguay logró concretar un sueño largamente acariciado por gente que deseaba investigar y vivir en la Antártida y por primera vez, envió una expedición a instalar una base en una isla que se llama Rey Jorge o 25 de Mayo.

Los primeros expedicionarios uruguayos, sabían muy poco de cosas del polo, aunque habían estudiado y visitado incluso las bases de otros países que ya estaban instaladas por allí desde hacía bastante tiempo.

Como sabían poco le pidieron ayuda a unos amigos de Chile, que habían instalado una base con aeropuerto y todo en la misma isla donde ellos querían instalarse.

Llegar hasta allí en avión, no era muy difícil si comparamos a cómo llegaron los primeros exploradores por el siglo XVIII, pero igual tiene sus dificultades.

Estos uruguayos consiguieron un avión de la Fuerza Aérea Uruguaya y vinieron a visitar a los chilenos que estaban en la Isla Rey Jorge.

Después de pasear por los alrededores, en el verano de enero de 1984, encontraron un precioso lugar, donde dijeron:
—Acá instalaremos una base uruguaya y algún día, también habrá uruguayos viviendo y trabajando en la Antártida de manera permanente.

Sin embargo, el avión que tenían era muy chico y no les permitía cargar todo lo necesario para armar la base que imaginaron, así que se tuvieron que volver y pensar, cómo transformarían en realidad su sueño.

Cuando estuvieron de nuevo en Montevideo, empezaron a planificar, hacer cálculos y finalmente consiguieron apoyo.

El plan sería, concentrar las cosas en Punta Arenas, Chile y desde allí transportarlas en barco hasta la isla Rey Jorge.

Claro, que tampoco eso fue fácil, porque cuando preguntaron por un barco uruguayo para cruzar el peligroso mar de Drake, se dieron cuenta que, en el país, en ese momento no había ninguno que estuviera preparado para eso.

Entonces empezaron a juntar todas las cosas que ya habían conseguido, en unos galpones que les prestó un cuartel de Infantería, mientras se ocupaban de conseguir el barco que necesitaban.

Allí fue que apareció Ladislao, un perrito común, criado en los fondos del cuartel y acostumbrado a acompañar a la gente de infantería en sus marchas y en sus guardias.

Era un perro aventurero, fuerte, simpático y que no se amilanaba por las dificultades, así que cuando se dio cuenta que los uruguayos preparaban una expedición al polo sur, se dijo: —Esta no me la pierdo.

Las cosas iban lentas en aquel depósito y un par de soldados de infantería fueron los custodios del material que se iba acumulando y se fueron transformando de a poco en parte de la futura expedición, igual que Ladislao.

Todas las semanas hacían una reunión para evaluar los progresos y ver que faltaba aún y Ladislao participó de todos los eventos.

Así se fue ganando un lugar y si hacían algo y faltaba Ladislao, siempre alguien se acordaba de él, lo llamaban y hasta que no estaba presente, no comenzaban la reunión.

Un día ya sobre la primavera de 1984, el jefe de la expedición anunció que habían conseguido un barco.

Un buque chileno, que navegaba desde hacía tiempo en los mares más australes del mundo, llevaría la carga uruguaya hasta la Isla Rey Jorge.

Ese día hubo gran alegría en el grupo de expedicionarios polares y con mucha exaltación comenzaron a hacer planes de cuándo se desplazarían hasta el sur de Chile y todo eso, cuando a alguien se le ocurrió preguntar: —¿Y Ladislao? ¿Acaso lo vamos a dejar acá?

Los hombres quedaron en suspenso mirando al jefe, quien tomaría la terrible decisión sobre la suerte del perrito.

Pasaron unos segundos de angustia y Ladislao estaba con la cola entre las patas, imaginando que nunca conocería la Antártida, cuando el jefe hizo su anuncio: —Ladislao irá con nosotros.

Qué emoción sintió el perrito. Habían reconocido sus méritos y lo estaban incluyendo en la expedición uruguaya a la Antártida. Eso era mucho más de lo que pudiera imaginarse cualquier perrito cuartelero sin pedigrí.

Cómo se iba a reír ahora de los perros ovejeros que pasaban el día entrenando en los caniles del cuartel. Pensar que ni lo miraban, porque él era un pobre perro callejero y ahora, ahora era un perro polar.

Muy orondo, Ladislao se fue esa noche al fondo del cuartel donde se reunían algunos perros vagabundos a buscar comida y contó orgulloso su nueva tarea.

Entonces, un perro viejo que conocía mucho del mundo, que había vivido años en el puerto y hasta se había embarcado en algún barco pesquero, lo trajo a la realidad.

—¿Sabes que los perros polares viven el frío? Una vez conversé con perro siberiano que venía en un barco ruso y me lo contó.

—Yo estoy acostumbrado al frío, dijo seguro Ladislao. —Cuántas noches he dormido a la intemperie y amanecido con el lomo blanco de escarcha, acompañando a los soldados en las maniobras.

El perro viejo se rio. —Esas heladas no son nada comparadas con el frío permanente que hace en la Antártida. Allá, si no encuentras refugio para protegerte, te morirías congelado.

—¡Los perros polares duermen enterrados en la nieve! Y eso haré yo. Aseguró Ladislao.

Los otros perros se rieron, porque, aunque nunca habían visto la nieve, sabían que era muy fría.

Pero lo peor de todo fue lo último que dijo el perro viejo: —Los perros polares tiran de un trineo y llevan pesadas cargas por los lugares más difíciles. Tú, con ese tamaño, jamás podrías tirar de un trineo…

Eso sí que era algo que no podía cambiar. Ladislao se sentía duro, como para soportar el frío durmiendo en una cueva de nieve, pero como haría para tirar de un pesado trineo, con su cuerpo tan pequeño. Además, recordó las imágenes de un libro que tenían los expedicionarios. Allí se veía un tiro de perros, donde 10 vigorosos animales desplazaban un pesado trineo cargado hasta el tope.

Hasta donde él sabía, por ahora el único perro de la expedición sería él. Así que ¿Cómo haría para tirar él solo, uno de esos enormes trineos?

Al otro día llegó como siempre al depósito de la expedición. Los hombres tomaban mate y conversaban. Estaban haciendo el inventario para verificar qué faltaba.

Ladislao observó atento como verificaban todo el material y se dio cuenta que no incluían trineos ni arneses para perros.

Como la expedición se iba a desplegar en verano, aprovecharían el deshielo y por lo tanto no sería posible usar trineos, aunque quisieran. Tal vez si en invierno, pero en los meses de enero y febrero, no habría nieve suficiente para su empleo.

Ladislao se puso contento. Sería un perro polar de verdad, un perro de las nieves y no un perro de tiro.

En el mes de noviembre, todo estuvo pronto y los expedicionarios cargaron sus cosas en un avión que los llevó a Punta Arenas. Ladislao, con una cuerda al cuello iba sentado muy orondo junto al jefe.

El viaje en avión se realizó sin inconvenientes y en unas horas estuvieron en su primer destino, donde debían completar la carga y embarcar todo en el buque chileno.

Las autoridades del aeropuerto les cedieron un pequeño hangar donde acondicionaron la carga.

Ese lugar se transformó en el centro de operaciones de los expedicionarios y quedó en todo momento bajo la custodia de Ladislao. Porque, como le explicaron, si intentaba salir del aeropuerto, las autoridades sanitarias seguramente exigirían permisos y papeles que el perrito no portaba.

En Punta Arenas completaron la carga y compraron un tractor.

Cuando el buque estuvo listo para embarcar la carga de la expedición, todo lo que estaba en el depósito, fue transportado al puerto en un viejo camión alquilado.

Ladislao viajó escondido en una caja y se embarcó disimuladamente en el buque, durante la noche.

Al otro día, ya casi prontos para zarpar, el capitán el barco notó la presencia del perrito, pero no hizo ningún comentario. Le gustaban los perros y era común que llevara alguno en sus navegaciones.

Cuando el buque zarpó, Ladislao sintió una gran emoción. Se fueron alejando de la costa y el continente americano quedaba atrás. Su sueño de convertirse en perro polar se estaba haciendo realidad.

Mas luego de seis horas de navegación, el perrito ya no se sintió tan feliz. El continuo movimiento del buque lo había mareado y no sabía dónde meterse, pero tampoco podía echarse atrás, así que tuvo que encontrar fuerzas y acostumbrarse.

Le quedaban por delante al menos 5 días de navegación y ni siquiera habían entrado aún al peligroso mar de Drake.

En los últimos días de noviembre, el buque chileno estaba a la vista de tierra. Habían llegado a las Shetland del Sur y al día siguiente estarían fondeando en la bahía Fildes de la Isla Rey Jorge.

Cuando el barco comenzó la aproximación a la bahía, el jefe de la expedición uruguaya señaló a sus compañeros el lugar donde se construiría la base: —Allá está el glaciar Collins, dijo. –Al pie del glaciar hay una planicie que en unos días quedará sin hielo. Allí construiremos nuestra base y la llamaremos "Artigas".

Ladislao, ladró con aprobación. Le gustó el lugar elegido, se veía tan bonito desde el mar…

Cuando el buque "Piloto Pardo", que así se llamaba el barco chileno que trajo la primera carga para construir la base uruguaya, comenzó la maniobra de fondeo, el sol brillaba dando la bienvenida a los pioneros y el perrito, que ya no se mareaba, caminaba ansioso por la cubierta.

Había muchas aves volando alrededor del barco y algunas eran muy agresivas. Eran las skúas, unas aves marrones con pico fuerte que sobrevolaban la cubierta buscando algo que se pudiera comer.

A Ladislao no le gustaron las skúas, porque cada vez que lo sobrevolaban, parecían decir: —Mmm, ¡qué rico perrito para un almuerzo!

El barco traía muchas cosas, además de la carga uruguaya, así que, apenas anclados frente a la costa, comenzaron la descarga.

En esta isla no había un muelle donde el barco pudiera atracar, así que anclado en un lugar fijo y con el apoyo de una lancha más pequeña transportaron las cosas a la costa.

Cuando comenzó la descarga, Ladislao saltó a la lancha decidido a ser el primer uruguayo en pisar tierra antártica de esta expedición.

Fue así como viajó muy erguido sobre todas las cajas mirando atento la costa hasta que vio que podía saltar.

Mientras la embarcación varaba en la playa y los hombres arrojaban los cabos para asegurarla, el perrito saltó como una flecha y efectivamente fue el primer uruguayo en tocar tierra de ese grupo pionero.

Las skúas que lo venían vigilando, le hicieron un vuelo rasante y asustaron al pobre perrito que no esperaba ese recibimiento.

Los hombres se rieron y Ladislao los miró enojado resguardándose junto a las cajas que habían descargado.

En varios viajes toda la carga estuvo en la playa. Habían desembarcado frente a la base rusa, llamada Bellingshausen y algunos rusos se acercaron a ayudar.

El jefe y otros expedicionarios fueron hasta unos grandes galpones que les mostró un mecánico de barba rubia y allí transportaron algunas cosas que necesitaban quedar en lugar seco.

La mayoría de la carga quedó a la intemperie en la playa y Ladislao no quiso irse de allí. A los hombres le pareció bien y le dieron comida mientras ellos se fueron con los rusos que los invitaban a tomar algo adentro de la base.

El perrito se estaba acomodando cuando sintió que lo rodeaban por todas partes. Se sorprendió, pero no se asustó. Empezó a ladrar con furia y los invasores se detuvieron y lo empezaron a observar con curiosidad. Era un grupo de pingüinos y venían a ver qué era lo que estaba en la playa.

Ladislao nunca había visto un pingüino antes y pensó, si estos son como las skúas, primero los voy a asustar yo. Y los sorprendió con una carga de ladridos mientras corría a su alrededor.

Los pobres pingüinos que tampoco habían visto un perro uruguayo antes se asustaron terriblemente y tropezando entre las piedras corrieron rumbo al mar en busca de salvación.

Ni uno solo quedó en la playa, todos huyeron al agua y desde allí asomaron la cabeza. Ladislao les seguía ladrando mientras corría por la playa para acá y para allá.

Cuando se aseguró que no quedaba ningún intruso, muy contento de su hazaña se fue a sentar en su lugar, a disfrutar la vista del mar con los glaciares de la isla Nelson que se veían en el horizonte al otro lado de la bahía. —Esto sí que es vida, se dijo.

Después de descansar un rato, los expedicionarios se prepararon a transportar la carga rumbo al lugar donde instalarían la base.

Habían traído un tractor con ellos y lo usaron para viajar hasta el pie del glaciar Collins. Había que subir unas montañas y el terreno era muy blando. El tractor se empantanó y decidieron dejarlo allí para luego con ayuda de los rusos sacarlo y llevar carga. Siguieron a pie hasta un gran lago que llamaron Lago Uruguay y desde allí parados sobre un cerro, admiraron el lugar elegido para la base.

El glaciar Collins se extendía imponente ante su vista y a sus pies había una amplia extensión de tierra casi sin hielo, con partes planas como formando escalones que descendían hasta la costa.

Los hombres estaban embelesados con el lugar y al principio Ladislao también, hasta que vio a las skúas que tenían un nido por allí cerca, sobre un promontorio de rocas, quienes, con gritos y vuelos rasantes, marcaban su territorio.

—Otra vez estos pájaros, se dijo el perrito, —cuando tengamos nuestra base aquí, ya les voy a hacer entender quién es el dueño de este lugar, ladró enojado.

Mientras los expedicionarios caminaban hasta el pequeño refugio chileno que estaba cerca de la playa, Ladislao se dedicó a recorrer el lugar.

Había una suave pendiente cubierta de líquenes y musgos que bajaba directo hacia la playa y por allí se fue trotando.

Cuando llegó a la mitad de la pendiente, los gaviotines lo atacaron ahora. Ese era su lugar. Allí tenían sus nidos desde hacía años y este perrito se metía, así como así, sin permiso.

Los gaviotines son chiquitos, pero ¡qué malos que eran cuando estaban en peligro sus pichones!

El pobre Ladislao tuvo que emprender una veloz retirada y se fue a refugiar cerca de los hombres.

Los gaviotines también los sobrevolaban a ellos, pero como estaban ahora alejados de los nidos, los dejaron en paz.

Por suerte, donde habían elegido levantar la base, no había nidos, porque si no se hubieran llevado unos buenos picotazos.

Mientras se organizaban, un bote Zodiac llegó con materiales y cajas. Los hombres se acercaron a la costa y comenzaron a descargar. Estuvieron todo el día trabajando de esa manera y Ladislao no tuvo mucho que hacer así que se fue a explorar rumbo al glaciar.

Allí se encontró con otro grupo de pingüinos, que se alejaron rápidamente y se metieron al mar. Eso era divertido. Pero un poco más allá, se encontró con un lobo marino y ahí sí que la cosa no fue fácil.

Cuando se empezó a acercar, el lobo le avisó que no pasara de allí, porque se arriesgaba a que lo comiera. Ladislao nunca había visto un lobo marino antes y cuando vio los dientes que tenía, prefirió no meterse en líos.

El lobo era bastante torpe en tierra y aunque lo quisiera perseguir, nunca lograría atraparlo. Por las dudas, subido a unas rocas, el perrito le ladró al fiero lobo y lo dejó gruñendo mientras volvía junto a los expedicionarios.

Los días pasaron rápido y la construcción de la base avanzó mucho.

Entre el movimiento de los hombres y la vigilancia de Ladislao, las skúas ya no eran tan agresivas, aunque andaban siempre al acecho esperando robar algo para comer.

Los gaviotines se mantenían en su territorio y uno de los científicos los estudiaba para descubrir sus costumbres, pero sin molestarlos.

El 22 de diciembre de 1984, el jefe de la expedición anunció a sus compañeros que harían un gran asado para celebrar la inauguración de la base, que ahora tenía varios edificios en pie.

Ladislao se alegró mucho por eso, porque le encantaban los huesos que sobraban del asado y aprovechó a comerlos antes de invitar a jugar a una de las skúas con quien había trabado amistad.

Los días eran muy largos, tan largos que no se terminaban nunca y cuando era la hora de que el sol se fuera, aparecía de nuevo.

Eso le parecía extraño al perrito, pero la skúa le explicó que en el verano antártico eso era así, no había noche, sino un solo y largo día.

—En el invierno es al revés, le explicó la skúa. —El sol desaparece y solo queda una larga, larga noche.

—Yo quiero ver eso, dijo Ladislao entusiasmado.

—¿Quieres ver la noche polar? Preguntó la skúa. –Pero es muy frío en invierno, tienes que emigrar como nosotras, que a partir de marzo o abril nos vamos a otros lugares porque acá queda muy oscuro y frío.

—Yo no me iré de aquí, aseguró el perrito, desafiando a la skúa.

—Cómo tú quieras, dijo el ave y abrió sus alas, dispuesta a servirse un pedazo de carne que un hombre descuidado había dejado sobre una tabla.

Después de inaugurada la base, aún quedaba mucho por hacer y los expedicionarios trabajaron y trabajaron.

Terminando el mes de marzo, los días se acortaban y empezó a congelarse el suelo.

Por esa fecha el jefe anunció a su gente, que en unos días partirían de nuevo al Uruguay. Su trabajo por ese verano estaba culminado y si bien la base estaba casi pronta no tenían aún la cantidad necesaria de suministros como para pasar todo el invierno allí.

Así que la decisión era que se irían ahora y a fin de año cuando comenzara el verano regresarían con mucha comida, combustible y otras cosas para a partir de ese momento sí, quedarse a vivir de manera permanente en la Antártida.

Nadie discutió la decisión porque todos sabían que no había comida suficiente y todo eso. Además, estaban ya con ganas de regresar a sus casas, después de varios meses tan lejos de sus familias.

Pero no le preguntaron a Ladislao.

El perrito cada día estaba más enamorado de la Antártida y no pensaba irse. Incluso si le daban la orden de regresar, se escaparía y que lo buscaran.

Y efectivamente eso fue lo que pasó. El jefe anunció la partida y avisó que vendría un avión a buscarlos y cuando se dispusieron a partir y quisieron llevárselo, Ladislao se escapó.

Los hombres se pusieron nerviosos y uno de ellos lo quería ir a buscar, pero el comandante del avión no les dejó alternativa. —El tiempo se descompondrá pronto y nos tenemos que ir, dijo. —Cuando la aeronave esté lista, despegamos y el que no esté se quedará acá hasta el verano que viene.

El jefe fue terminante. —Subamos, Ladislao sabe lo que hace. Es un perro adulto y debe asumir la responsabilidad de sus obras. Nos vamos.

El piloto los apuraba y ya no había alternativa. El jefe habló con uno de los científicos rusos que los estaban despidiendo y le encargó que lo buscara al perrito y lo cuidara.

El científico ruso prometió que lo haría y entonces el jefe subió al avión.

Los expedicionarios estaban tristes porque ellos también hubieran querido quedarse, como Ladislao, pero no tenían opción.

Pasó todo el invierno y llegó la primavera. Los expedicionarios se prepararon para volver a la base que habían dejado en la Antártida y a fines de noviembre llegaron de nuevo.

Solo unos pocos de los que habían estado en el verano, volvían. La mayoría veían la nieve por primera vez y querían aprender tantas cosas a la vez que no le daban los ojos para ver todo lo que descubrían.

Uno de los hombres, que era de los que habían estado antes, bajó del avión y buscó al científico ruso que prometió encargarse del perrito. No lo veía por ningún lado, pero tampoco lo siguió buscando porque entre la nieve, lo vio a Ladislao, que corría hacia el grupo de uruguayos, dándoles la bienvenida.

Los nuevos no entendían nada, pero este hombre estaba muy contento y abrazó al perrito y lo llevó con él.

Ladislao era ahora un experto en la región y saltó de los brazos de su amigo para ponerse delante del vehículo que los iba a conducir, indicando el camino hacia la base uruguaya.

Ladislao ahora era un perro polar uruguayo con todas las materias aprobadas. Le faltaba tirar de un pesado trineo como lo hacían los Huskies o los siberianos, pero había tirado de un medio tanque de plástico azul, ayudando a la recolección de residuos de la base, lo que acorde a su tamaño ya era bastante.

A partir de ese invierno la base comenzó a funcionar a pleno y el perrito se transformó en el único habitante permanente de la misma, porque las dotaciones y los científicos que venían en cada temporada retornaban a sus casas y muchos después no volvían.

El perrito era muy feliz y a medida que pasaban los años se iba haciendo parte del continente helado e incluso sufría el calor cuando la temperatura subía a 2 grados sobre cero en algunos momentos del verano.

Pero un día recibió una terrible noticia. Los miembros del Tratado Antártico, reunidos en Madrid, habían aprobado un Protocolo de Protección Ambiental, que exigía la extracción de todos los animales no nativos de la Antártida.

La terrible sentencia se debía a que la Antártida debía conservarse totalmente libre de cualquier forma de intromisión o contaminación y entre otras cosas, se disponía que los animales y plantas no originarias del lugar, debían retirarse en un plazo establecido.

Las plantas que tenía el cocinero, en el comedor de la base, protestaron un poco, pero como no podían moverse de sus macetas, tuvieron que resignarse y aceptar el exilio.

Pero Ladislao, si podía moverse y con él no sería tan fácil. Ya una vez se había escondido y había sido el primer uruguayo en invernar en la base Artigas. No se iría de allí fácilmente.

Cuando finalizaba el verano, vencía el plazo para la evacuación de los animales y el perrito tenía que embarcarse junto con las personas que regresaban a sus casas.

El perrito no quería irse y se escondió en el área de servicios, detrás de los generadores, donde siempre dormía sus buenas siestas porque era allí un lugar muy calentito.

Uno de los hombres de la dotación dijo: —Ladislao se escapó como en la primera invernada…

—No creo, contestó el jefe. Ya está viejo para esas cosas, debe estar escondido. Búsquenlo en los lugares donde siempre se acuesta a dormir. Recuerden que no podemos permitir que se quede esta vez.

Una doctora en veterinaria, que estudiaba las aves, era quien se había encariñado más con el perrito. Había trabajado en la base en las temporadas anteriores y lo conocía muy bien.

—Jefe, creo que se dónde está el perrito. Yo me encargaré; el pobre debe estar muy asustado y no saldrá si no lo convencemos con algo. El jefe dejó que la doctora se encargara y al poco rato la vieron con el perrito en brazos.

Los integrantes de la dotación la felicitaron y aplaudieron, pero a la vez quedaron tristes. En un rinconcito de su corazón tenían esperanzas de que el perrito se quedara con ellos en el invierno…

La doctora aseguró que ella se encargaría del perrito y lo llevaría a su casa, donde viviría muy cómodo y eso reconfortó un poco a la dotación.

Los vehículos ya estaban prontos afuera del comedor, listos para transportar a los pasajeros que regresaban a casa.

Cuando los motores se pusieron en marcha, una gran emoción invadió a quienes quedaban para la invernada. Se despedían de los amigos con quienes habían trabajado tan duro todo el verano y eso siempre da pena…

El chofer vio las caras de los que saludaban y comprendió que no querían mostrar que lloraban. Entonces, aceleró el vehículo y las orugas los salpicaron con nieve provocando el enojo del grupo.

Ladislao ladró aprobando la acción del chofer, él estaba más triste que todos, pero no quería que lloraran, los prefería recordar activos y enérgicos, continuando la obra que habían iniciado tiempo atrás.

Ahora era el quien partía, como otros lo habían hecho antes, con esa sensación de pena y dolor que solo pueden sentir los antárticos, eternos enamorados del Continente Blanco.

Marosa, la Foca Curiosa

Era una mañana de septiembre y en la base antártica, la ventisca deslizaba la nieve sobre la blanca superficie helada de la calle que llamábamos Avenida Artigas.

Como todas las mañanas, con el mate preparado salí de la casa rumbo al comedor donde nos reuníamos a planificar las tareas del día, cuando un resoplido a mis espaldas me asustó.

Aún no había amanecido del todo y además había bruma. Apenas se veía la silueta del comedor al otro lado de la calle y hacia el mar, el blanco del piso se confundía con el blanco de la bruma.

Alrededor de la casa había mucha nieve, pero quedaba un redondeado foso formado por el viento que apilaba la nieve formando una duna, dejando siempre ese hueco vacío.

Pensé en un lobo marino. A veces se instalaban al reparo de nuestras casas.

Me detuve y con precaución, porque los lobos marinos no son muy amistosos, miré detrás de la duna de nieve.

Allí encontré el origen del resoplido: era una foca de Weddell que a cubierto del viento, dormía junto a mi casa.

Era algo normal ver animales descansando o paseándose tranquilamente sin ser molestados dentro de la base Artigas, así que el suceso no era nada fuera de lo común. Por lo tanto, me fui rumbo al comedor, sabiendo que la presencia de las personas no le preocuparía en absoluto.

Cuando regresé a la casa, no me acordaba del susto de la mañana y cuando tomé el pasamanos de la entrada otra vez me sorprendió el resoplido.

Como ya sabía que la foca estaba por allí, esta vez no me asusté. Quedé observando que hacía y me causó gracia la cara simpática con que me miraba.

Las focas de Weddel son de color marrón con algunas manchas oscuras. Tienen unos ojos saltones, redondos y grandes. Su nariz parece de perro y tiene enormes y largos bigotes.

Mide unos dos metros de largo y es bastante gorda. Al final de su cuerpo tiene como una cola de pescado, pero con deditos que puede mover como si fuera un pie.

Tiene dos aletas a los costados que también terminan en deditos con los cuales se rasca la cara o la cabeza cuando le pica.

Justamente, mientras yo la observaba, la foca se dio vuelta, me miró, levantó su aleta y comenzó a rascarse muy tranquilamente.

Tenía la cámara en el bolsillo y le tomé una fotografía. El animalito me regaló entonces su mejor pose con sus ojazos tiernos y una amable sonrisa de foca.

La saludé con la mano y entré a la casa, donde tenía mucho trabajo para hacer.

Me senté en la computadora y conecté el cable para bajar las fotos mientras revisaba el correo electrónico.

La foto de la foca sonriendo había quedado muy buena y la puse de fondo de pantalla.

Entre los mails que estaba leyendo y contestando, había uno de un niño de sexto año de una escuela de Montevideo, quien me preguntaba entre otras cosas, qué animales habitaban en las cercanías de la base.

Ya tenía algunas respuestas elaboradas para esas ocasiones, porque por esas fechas, los chicos de la escuela y algunos del liceo también estudian la Antártida y nos consultan de diversas maneras.

Ya estaba por mandar mi respuesta preparada, cuando me acordé de la foto que tenía de fondo de pantalla. Pensé: —se la voy a mandar a este niño y le pediré que le ponga un nombre a la foca.

Adjunté la fotografía y envié el mensaje.

Desde la ventana de la oficina tenía una hermosa vista del mar, pero ese día la bruma no permitía apreciar el paisaje, así que decidí salir afuera y observar a mi amiga foca.

La busqué en el hueco que el viento dejaba entre la casa y la nieve, pero no la vi.

Se veían sus huellas y las manchas rojas del krill que había comido. Caminé por el redondeado zanjón de hielo y la encontré.

Estaba muy cómoda recostada en la nieve, descansando sin ninguna preocupación.

Cuando me vio se acercó arrastrándose sobre su panza. Se detuvo muy cerca de mí y me observó atentamente.

Seguramente si ella tuviera una cámara, me fotografiaría a mí.

Uno de mis compañeros de la dotación de la base Artigas se acercó a mirar la foca también.

—¡Qué simpática es! Dijo mi amigo en voz baja, para no molestarla. — Tenemos que ponerle un nombre, porque parece que se va a quedar unos cuantos días por acá.

—Ya tiene nombre, le expliqué a mi amigo, contándole del mail del chico de la escuela, que me había contestado enseguida. —Se llama "Marosa", le dije.

—¿Marosa?, Sí, "Marosa, la foca curiosa", dijo mi amigo, que era muy dicharachero. —Le voy a mandar fotos a mi hijo y ya le cuento que la tenemos de visita…

Mi amigo sacó las fotos y se fue para su alojamiento. Yo quedé mirando a la foca y me pareció que me hizo una guiñada, como diciendo que le gustó el nombre.

Era ya mediodía y nos reunimos de nuevo en el comedor para almorzar.

Estábamos entrando al ventisquero donde colgábamos la ropa de abrigo, cuando mi amigo dijo: —miren, parece que Marosa viene a comer con nosotros.

Efectivamente, la foca venía rumbo al comedor muy ágilmente, deslizándose por la nieve blanda.

Lamentablemente no la podíamos invitar a pasar porque las normas del Sistema del Tratado Antártico no permiten que se les de alimentos a los animales, así que le explicamos la situación a nuestra amiga y la dejamos esperando afuera.

Ella no se hizo problema por eso. Además, no tenía hambre, al contrario, tenía la panza bien llena y su visita en la base era además de para observarnos a nosotros, para hacer la digestión y descansar antes de seguir su viaje.

Mientras tomábamos un té, la miramos a Marosa por la ventana, quien se entretenía curioseando por allí.

En la tarde seguimos trabajando en diferentes actividades y la foca, recorrió toda la base mirando que hacía cada uno.

Pasó una semana y nos acostumbramos a su presencia. En esos días, otras focas estuvieron en la playa por uno o dos días, pero ni siquiera nos visitaron. Solo Marosa era tan atenta y simpática.

El tiempo había estado malo los últimos 10 días y no habíamos podido llevar las provisiones al refugio que debíamos dejar preparado para cuando llegaran los científicos el mes próximo.

Esa mañana la visibilidad seguía siendo mala, pero no había viento, así que decidimos llevar las provisiones.

Cargamos todo en el bote Zodiac, según las normas establecidas para estas operaciones, probamos la radio y verificamos que el GPS funcionara y los datos de la ruta estuvieran bien cargados.

Entre todos cargamos el bote y lo movimos con un trineo hasta la playa. Aún había hielo en la costa, pero encontramos un espacio por donde bajarlo, con ayuda de la marea alta.

Por supuesto Marosa nos acompañó en toda la operación y aunque no colaboró en la carga de los materiales, nos hizo divertir con su cara simpática.

Zarpamos y en unos 20 minutos estuvimos frente al refugio donde fue fácil desembarcar. Dejamos la carga en la costa, en un lugar protegido y la cubrimos con lonas. Después otro grupo vendría a acondicionarla adentro del edificio y hacer el mantenimiento que fuera necesario.

Cuando la carga estuvo en su lugar, zarpamos de nuevo rumbo a la base.

La visibilidad era muy mala y nos guiamos por el GPS. Una brisa soplaba hacia la costa y a medida que nos acercábamos a la playa de la base, encontramos hielos flotantes que habían sido arrastrados por el viento y la corriente.

No encontrábamos un lugar por donde pasar y comenzamos a navegar a lo largo de la costa buscando un hueco.

Desde la base nos llamaron por radio, preocupados por nuestra demora. Le dimos nuestra posición y les explicamos que no encontrábamos un pasaje para llegar a la costa.

La visibilidad era cada vez más nula, hasta que finalmente quedamos en medio de un banco de niebla que solo permitía ver un metro a nuestro alrededor.

Los hielos eran cada vez más apretados y nuestros brazos se estaban cansando de hacer fuerza para apartarlos con el remo.

—Será mejor quedarnos quietos acá y esperar que el viento mueva los hielos, dijo el lanchero.

—Si, esperemos acá, con el motor apagado, para ahorrar combustible, le dije.

Estábamos cerca de la base, pero no había manera de llegar hasta allí. Pasamos nuestras coordenadas por radio para que supieran donde ubicarnos, aunque en esas condiciones meteorológicas nadie podría llegar hasta allí y ayudarnos.

El frío comenzó a hacer efecto. Nuestras manos se estaban congelando y movíamos los dedos, sin quitarnos los guantes. Nos mirábamos para darnos ánimo y un poco de temor aparecía en nuestros ojos, aunque las antiparras los quisieran ocultar.

Llevábamos dos horas de espera entre los hielos, cuando el mar se comenzó a mover.

El ruido de los hielos golpeando unos con otros nos sacó del letargo y nos dio ánimo. El lanchero intentó encender el motor y tiraba de la cuerda una y otra vez, sin

suerte.

En eso, por un costado de la lancha, vimos una cabeza

marrón que se asomaba.

—¡Marosa! Le grité a mis compañeros.

La foca sonrió y se metió de nuevo al agua, saliendo por

el otro lado del bote. Sacó su aleta y con su dedito nos indicó

que la siguiéramos.

El motor aún no arrancaba, así que tomamos los remos

y comenzamos a remar.

La cola de nuestra amiga apartaba los hielos y su carita nos animaba a seguirla.

En unos minutos, la cantidad de hielo se hizo menor y pudimos movernos. Aún no se veía la costa, pero sabíamos que estábamos cerca. Por la radio nuestros compañeros nos animaban a seguir, hasta que sentimos sus gritos en la playa.

En eso el motor arrancó y entonces fue más fácil navegar. La foca aún nos guiaba y por fin vimos la playa. No era el lugar donde habitualmente desembarcábamos, pero en ese momento eso no importaba. El lanchero buscó un pasaje entre los hielos, aceleró el motor y lo levantó cuando llegamos a la playa.

Nuestros amigos ya venían en una moto de nieve hacia nosotros, que enseguida saltamos a la playa y ya estábamos sacando el bote del agua.

Mientras hacíamos fuerza con el bote, con las manos endurecidas por el frío, la foca Marosa, nos miraba con su carita simpática, como burlándose de lo torpes que éramos en el agua, por más trajes especiales que usáramos.

El carrier de la base llegó hasta allí y nosotros nos metimos adentro enseguida buscando calor. Nuestros compañeros terminaron de sacar el bote del agua.

Mientras tomábamos un café caliente, la vimos de nuevo a Marosa, que salió a la playa y nos hizo adiós con su aleta con forma de manito.

Se metió en el agua, nadó unos metros y salió de nuevo por entre los hielos, asegurándose de que estuviéramos bien.

Cuando nos dimos cuenta de que esperaba nuestro saludo, salimos del carrier y le hicimos adiós.

La foca se sumergió y sacudió su cola con deditos, despidiéndose.

Los hielos no dificultaron para nada su nado y nos dimos cuenta de nuestra pequeñez en este mundo helado.

A pesar de eso, como intrusos en este universo de hielo, disfrutamos viendo cómo se alejaba tranquila Marosa, nuestra amiga, la foca curiosa.

Pingüinos de colores

Los pingüinos son animales de pocos colores. En su piel predomina el negro y el blanco con algunas partes amarillas o anaranjadas como las de los pingüinos emperador y el rey.

Pero los invito a encontrar pingüinos de esos. No son nada fácil de hallar, hay que ir hasta los lugares donde viven, muy adentro del polo o si no encontrarlos cuando andan veraneando en alguna cálida isla sub—antártica.

Sin embargo, hay un lugar donde hubo pingüinos de muchos colores y pocos lo saben.

Hace muchos años en la isla Ardley, una pequeña isla, cercana a la base Artigas en la Antártida, unos científicos uruguayos hicieron un experimento que produjo pingüinos de colores.

—Alguna modificación genética, se dirán ustedes haciéndose los sabelotodo…

Pues no.

Se equivocan, se trató de un experimento en donde estudiaban el comportamiento de los pingüinos ante la presencia de los seres humanos.

En ese estudio, los científicos querían saber si cuando se instalaba una base, los pingüinos sufrían estrés por los ruidos y entonces planificaron una forma de estudiar eso.

Eligieron una pingüinera cercana, en un lugar de fácil acceso en la Isla Ardley.

En esa isla, anida todos los años una colonia de pingüinos de pico rojo, "Papúa" o "Gentoo" y siempre ocupan los mismos lugares del año anterior, con sus mismas parejas.

Eligieron una zona de los nidos, que pudieran controlar fácilmente desde su observatorio y entonces instalaron unos parlantes con un cable largo que llegaba hasta un grabador y pusieron un cassette con ruidos de motores y de gente trabajando.

Eligieron los sonidos y el volumen, teniendo en cuenta los protocolos de protección a los animales que están fijados en los acuerdos del tratado antártico y fueron muy cuidadosos de respetar las normas allí establecidas.

Los pobres pingüinos se sorprendieron bastante cuando escucharon los extraños sonidos y miraban para todos lados como diciendo: —¿y estos qué se creen?, ¿Qué nosotros no sabemos lo que es un ruido de motor? …Pero ¿dónde están los motores?

Los científicos muy atentos observaban y anotaban. El pingüino 23 camina más rápido cuando siente una bocina…. El pingüino 45 mira hacia la derecha cuando siente un ruido de motor… y así muchas e interesantes observaciones por el estilo.

Después de varias horas de estudio, se dieron cuenta que el pingüino 23 y el 45 eran el mismo y se habían confundido, porque cada uno lo miraba desde un lugar diferente y como son todos muy parecidos, era lógico que se confundieran.

Para hacer mejor el trabajo se decidió armar un corral para alojar el grupo de pingüinos a los que observaban. Eso facilitó las cosas y ya no confundieron más al 23 con el 45.

Tampoco querían molestar a los pingüinos por gusto, así que el corral tenía una puerta de entrada que quedaba siempre abierta, para que los animalitos pudieran entrar y salir libremente.

Con el corral pronto comenzaron a probar como reaccionaban ante distintos ruidos, algunos muy fuertes, llegando a la conclusión que, aunque al principio se asustaban y se ponían nerviosos, todos terminaban aceptando el ruido como algo normal y seguían con su vida de pingüinos.

Fue así que uno de los científicos anotó que el pingüino 23 después de mirar a todos lados y descubrir de dónde venía el ruido, muy atrevidamente comenzó a picotear los cables del dispositivo sonoro, hasta que logró cortarlo y por lo tanto, apagar el ruido.

El otro científico anotó en su cuaderno, que el pingüino 45 después de agradecerle al 23 por encontrar y apagar la fuente de ruido, se dedicó a empollar sus huevos.

Esa noche mientras repasaban sus apuntes, los científicos analizaron los datos y comprobaron que el pingüino 23 era varón y la "pingüina" 45 era una niña.

A simple vista es difícil notar la diferencia entre un varón y una niña pingüinos. Su aspecto externo es muy similar. Empezaron entonces a observar el comportamiento de los pingüinos 23 y 45 y se dieron cuenta que ambos eran una pareja.

Los pingüinos mantienen fielmente su pareja año tras año y se reúnen en la misma zona cada vez y reconstruyen su nido en el mismo lugar en que lo habían hecho el año anterior.

Esta observación fue muy importante porque permitió estudiar el comportamiento de una futura familia de pingüinos.

La mamá pingüino había puesto dos huevos en el nido y el papá los empollaba. Observando ahora con más atención, pudieron comprobar que cuando el ruido de los parlantes se ponía muy molesto el pingüino 23 se enojaba un poco y por eso había picoteado los cables.

La mamá pingüino que era la 45 estaba alimentándose y el papá se aseguraba que nadie la molestara mientras empollaba sus huevos.

Los científicos repararon los parlantes y recomenzaron las pruebas. Por un momento los pingüinos miraron para todos lados como la primera vez. Pero enseguida aceptaron ese sonido como algo normal y continuaron su vida diaria.

El ruido de los parlantes no afectó al pingüino 23 y dejó ahora que los parlantes sonaran porque estaban pasando una música que le gustó.

En pocos días los pollos comenzaron a nacer y el corral del experimento se convirtió en un jolgorio.

Muchos pollos peludos, redondos y gordos comenzaron a pasearse por el lugar.

En ese momento sí que se produjo una gran confusión. Los científicos no podían diferenciar a un pollo del otro. Y entonces no podían saber que ocurría cuando uno de ellos se salía del nido.

Luego de una tormenta se produjo una confusión en la colonia de pingüinos. Vieron que algunos polluelos perdieron a sus padres, pero a la vez notaron que otros pingüinos adultos los adoptaron como hijos suyos y los llevaron a su nido.

De todas formas, seguía siendo muy difícil comprobar que esta observación era cierta puesto que seguía siendo costoso identificar a cada pingüino y a la vez comprobar que pertenecieran a una familia u otra.

Fue en ese momento que a uno de los científicos se le ocurrió la idea de pintar a los pingüinos de cada familia que estudiaban con un color diferente.

A la familia 23-45 la pintaron con color verde. Usaron una pintura que no contaminara su piel y que se borraría con el tiempo. A otra familia vecina la pintaron de rojo y a una tercera de amarillo.

Ahora sí resultó muy fácil observar cómo se comportaban las distintas familias y como se movían los pingüinos de colores entre el resto de la colonia.

Probaron un nuevo experimento, poniendo un sonido de motor muy fuerte, diferente al que habían escuchado hasta ahora. Lo hicieron a propósito para provocar una sorpresa a los pingüinos, ya acostumbrados a los ruidos y ver que ocurría.

Los papás pingüinos si bien se sorprendieron al principio, siguieron con su vida normal. Pero los polluelos se asustaron y corrieron para todos lados.

Los papás los llamaron y al poco rato comprobaron que cada pollo estaba de nuevo en su familia. Los pingüinos amarillos en su nido, los rojos en el suyo, y los verdes en el de ellos.

Los científicos estaban muy conformes con todo lo que habían aprendido de la vida de los pingüinos y ya estaban terminando su trabajo de investigación cuando una tormenta antártica azotó la isla Ardley.

Ellos tuvieron que abandonar el lugar y buscar cobijo en la base Artigas, pero los animales estaban acostumbrados a los rigores del clima y se acomodaron para esperar que la tormenta pasara.

Al otro día hubo buen tiempo nuevamente. Eso permitió que los científicos regresaran a su lugar de estudio y verificaran el estado de la colonia de pingüinos.

Allí pudieron comprobar que la tormenta había provocado que muchos pingüinos se fueran de lugar, tal vez arrastrados por las olas o por otras razones.

Observaron que los polluelos amarillos no encontraban a sus papás. Por otro lado, las otras dos familias estaban de nuevo en sus nidos todos juntos.

Los pobres polluelos amarillos vagaban tristes preguntando si alguien había visto a los papás. Un pingüino que estaba afuera del corral les dijo que él los había visto salir en busca de comida rumbo al sur de la isla. Les recomendó que esperaran que seguramente no tardarían en volver.

Mientras los polluelos amarillos esperaban a sus papás cada una de las otras familias invitó a uno a unirse a ellos y así conformaron dos grupos: los pingüinos verde—amarillos y los rojos—amarillos.

Cuando todos los pollos estaban juntos al calor de los papás se comenzaron a mezclar los colores de las pinturas y así quedaron marcados con las características de cada nueva familia.

El tiempo de estudio de los científicos era limitado y no podían quedarse ya más. Debían culminar el experimento y preparar los informes con todos los datos que habían obtenido.

Pero la vida en la colonia de pingüinos continuaba. Para ese tiempo ya el verano se terminaba y los polluelos ya eran jóvenes y vigorosos pingüinos prontos para arrojarse al mar y salir a pescar.

Cuando eso ocurrió toda la colonia de pingüinos navegó surcando el mar como pájaros que volaran en el agua y se cruzaron con un buque.

Contentos de ver el espectáculo, toda la tripulación se asomó a observarlos.

Uno de los marinos, tomó fotografías y cuando las reveló, vio con sorpresa que entre los lomos normalmente negros había pingüinos rojos, verdes y amarillos.

—¡Pingüinos de colores!, dijo. —Esto debe ser algo muy fuera de lo común.

Y así fue que cuando llegó al puerto tuvo mucho para contar a sus amigos, inventando una leyenda, diciendo que en su viaje a las islas Shetland del Sur había encontrado una nueva especie de animales marinos, una colonia de pingüinos de colores.

Y colorín congelado,

Este libro, se ha terminado.

Acerca del Autor

Waldemar Fontes, nació en Las Piedras, Canelones, en 1959. Es coronel de infantería Retirado, Escritor, Investigador, conferencista y Docente.

Ha publicado en papel y en formato digital, entre los que se destacan las obras para niños: "El pájaro de los hermosos colores" y "El Color del Hielo" que están disponibles en la Biblioteca País del Plan Ceibal.

Como investigador de la historia del Uruguay en la Antártida, ha publicado numerosos artículos, algunos de los cuales fueron publicados en formato libro, en Chile y en Argentina.

Los cuentos de su personaje "Marosa la foca curiosa" se han publicado en el Portal Ceibal, en la Revista Charoná y en la revista digital Copos de Nieve.

Además de ilustrar sus propias obras, ha contribuido con la ilustración del cuento *"Y si yo fuera una pingüina"*, del proyecto Interantar de Brasil, para una edición de autores latinoamericanos publicado por la Universidad de la Defensa de Argentina, en 2023.

Como dramaturgo, ha escrito varias obras, entre las que se destacan, "Tapabocas" un radioteatro que fue producido en tiempos de pandemia y emitido en formato podcast. "Ecos de aquellas voces que clamaban en el desierto" sobre la vida de Paulina Luisi y "Tres pingüinos y un elefante marino" por el que obtuviera el Premio Anual de Literatura del Ministerio de Educación y Cultura 2011 en la categoría Teatro Infantil inédito.

Ha obtenido varios premios y menciones en diversos concursos literarios y actualmente dirige el grupo cultural Artes Entre Columnas. Se puede ver más información en su blog en: **lodewafo.blogspot.com**